AU PEUPLE ORPHELIN

CONFÉRENCE

FAITE PAR

M. L. DE LARMANDIE

Le 1ᵉʳ Septembre 1883

PARIS

IMPRIMERIE ESTRAN

48, RUE DE GRENELLE-SAINT-GERMAIN, 48

1885

AU PEUPLE ORPHELIN

AU PEUPLE ORPHELIN

CONFÉRENCE

FAITE PAR

M. L. DE LARMANDIE

Le 1ᵉʳ Septembre 1883

PARIS

IMPRIMERIE ESTRAN

48, RUE DE GRENELLE-SAINT-GERMAIN, 48

1885

Les mages de l'extrême Orient qui cherchaient à lire aux cieux, l'Oracle divin dans le silence profond des nuits étoilées, aperçurent tout à coup, il y a deux mille ans, un prodigieux météore qui épanchait dans l'immensité sa lumière auguste. Il se mouvait vers le couchant et semblait les inviter à le suivre ; et s'étant laissé guider par l'astre à travers les plaines et les forêts, ils cheminèrent jusqu'aux derniers confins de l'Asie occidentale. Quand ils furent arrivés au seuil de l'étable, où la vérité incréée pleurait faible et nue dans le corps d'un enfant, l'étoile, qui n'était point de la terre, s'effaça lentement et disparut dans l'infini. Messieurs, parmi l'atmosphère incrédule et railleuse de notre temps, une semblable apparition s'est dévoilée. Aux yeux des sages qui levaient leur front pensif, pour chercher au peuple une formule rationnelle d'existence, l'astre de la Monarchie délaissée a brillé cinquante années durant, montrant à tous le vrai chemin. Mais, trop lumineux pour notre pénombre, il s'est évanoui dans les hauteurs après nous avoir tracé la route.

Ah ! certes Messieurs, c'est une féconde et vivifiante pensée que de songer aux splendeurs de la clarté qui vient de s'éteindre. Nous devons dans nos paroles en rappeler à tous la limpidité sereine, qui fut seule à jeter quelques reflets d'honneur parmi les nuages de nos temps brumeux. Mais il ne faudrait pas rester immobiles et regarder désespérément le point du ciel où s'éclipsa notre lueur sidérale. Il faut que nous soyons les apôtres infatigables, les acharnés propagateurs des vérités que nous avons lues au livre immuable, sous l'éclat puissant de ce flambeau.

O Royalistes! la garde que nous avons montée autour du cénotaphe de notre Roi, était en même temps une veillée funèbre et une veillée des armes.

Oui Messieurs, double est le devoir qu'il nous faut accomplir. Il faut porter les voiles du deuil, et sous ces noirs insignes nous préparer à un grand combat. Qui donc hésiterait à remplir la première de ces obligations filiales. Oui, la cendre peut couvrir nos têtes, oui les crêpes lugubres peuvent assombrir nos vêtements et cacher nos visages. Notre perte est irréparable, car celui que nous pleurons possédait la force morale et la loyauté inébranlée, le courage invincible et doux, l'indéfectible et immortel honneur. Tout l'héroïsme français, toute la chevalerie antique palpitaient aux veines de ce marbre vivant, debout comme l'archange au seuil du paradis perdu. A toutes les nobles idées, à tous les fiers élans proscrits, un royal asile fut ouvert dans le cœur de cet exilé, tout construit de vertus comme nos cathédrales de granit.

Mais nous n'accomplirions point sa volonté suprême si nous nous bornions a pleurer. Quand nous aurons essuyé nos yeux il faudra remuer nos mains; comme les alchimistes du moyen âge, nous avons a construire le Grand Œuvre. Et non point cette fois une chimère, mais une réalité puissante qu'il nous faut extirper du creuset social par l'effort non interrompu de toutes nos facultés, de toutes nos douleurs, de toutes nos résignations. La Monarchie a besoin d'une terre bien préparée, où la religion soit relevée, où la famille refleurisse dans son éclat patriarcal, où la richesse soit la récompense de l'honneur et du travail, où l'Armée soit l'expression la plus haute de la valeur et de l'abnégation. Pour avoir les suffrages du peuple, commençons à conquérir sa raison par la sagesse, sa confiance par la bonté, son cœur par la foi, son admiration par l'héroïsme de notre vie.

De tout temps, Henri de France fut la plus éminente incarnation de cette grande vertu française qui s'appelle l'honneur. Chaque nation civilisée possède une qualité distinctive. L'anglais est négociant, le germain est philosophe, l'italien est artiste, le français est homme d'honneur. Or notre prince a toujours été proclamé par la voix universelle, le premier gentilhomme de l'époque. Quand nous avons vu cette année, avec les larmes du désespoir, le commandement de notre chère et noble armée remis entre les mains d'un parjure, nous nous sommes rappelés cette parole de Jean-le-Bon : Le dernier refuge de l'honneur doit être le cœur du Roi. L'honneur, Messieurs, n'aime point l'éclat et la sonorité du métal. Lui qui ne tremble jamais, s'effarouche et s'effraye au choc des ambitions cupides.

L'honneur n'est pas opportuniste, il lui arrive de casser les vitres. Il ignora toujours les inflexions des lignes courbes, et garda par devers lui cette conviction géométrique, que si l'on veut parvenir à un point donné, la ligne droite est le plus court chemin.

Aussi, quand cet ange supérieur n'a plus trouvé parmi notre boue démocratique que des réticences fallacieuses, des mouvements tortueux et des marches obliques, dédaigneux et superbe il s'est enveloppé dans son manteau d'azur, et s'est retiré par delà nos frontières, dans la solitaire vallée où rêvait le petit fils d'Henri le Grand ; et là se trouvant bien, il s'est reposé. Et tous les chevaliers du monde ayant pu survivre au sein d'une arche mystérieuse à l'universel déluge de l'or et de la peur, sont venus se prosterner devant l'ermite radieux que l'honneur avait choisi pour compagnon, et ils sont tous repartis, emportant aux plis de leur âme un rayon d'espoir et de vaillant courage.

Et ce roi sans sceptre, sans couronne, sans trône, planait au-dessus de tous les Monarques, soutenu par les ailes déployées de sa majesté. Mais certes, il ne faudrait point dire qu'il fût un roi sans armée. Tout ce que la France comptait de rejetons illustres, formait un bataillon sacré autour du chef glorieux. S'il eut donné le signal que notre impatience attendait, vous eussiez vu revivre, Messieurs, les gestes et les prouesses des jours fleuris par l'oriflamme. Les héros qui avaient reçu la royale bénédiction, défendirent pendant dix ans le Pontife suprême contre la démagogie contemporaine, et quand cette marée brutale eut englouti le trône apostolique, on les retrouva aux pieds de la patrie vaincue, souriant sous leur pourpre sanglante, de pouvoir souffrir et expirer pour elle.

Ah! vieille noblesse de France, tant calomniée, tant vilipendée pour n'avoir pas trempé à l'égoût du siècle ton aile blanche, fiers jeunes gens, l'élite du monde, salut à vous. On osa vous traiter de fainéants parce que vous fuyez les ornières, mais la France en danger vous retrouva toujours, sabre au poing, brillants et terribles, comme entourés d'un fauve nuage par la crinière de vos chevaux. Et moi, qui ai l'honneur de vous connaître et de vous aimer, je sais qu'on vous reverra, drapés dans l'éclat de votre valeur patricienne, votre main fine et nerveuse au pommeau de l'épée que vous ont transmise vingt générations de gloire et de fidélité. Et comme coula le sang de vos aieux, ruissellera votre sang intré-

pide, et la tourbe qui vous insultait pourra vous appeler
encore *aristos*, car au milieu des cohues et des popu-
laces, exempts de promiscuités, purs des contacts qui
souillent et des tares qui contaminent, vous serez de-
meurés les meilleurs, les plus beaux, les plus grands.

Henri de France était la personnification la plus admirable de la loyauté. Au premier abord, et si l'on ne ré-
fléchit point, cette vertu semble être une qualité banale,
il n'est point d'homme qui ne s'offensât à se l'entendre
contester. Et c'est pourtant assurément, à l'époque où
nous vivons, une perle rare que l'on ne peut découvrir
qu'en remuant des monceaux de sable et de poussière.
Un homme loyal ne se borne point à ne pas dresser d'em-
bûches, à ne pas construire de pièges, à ne pas tramer
dans l'ombre une suite de réseaux ténébreux. Un homme
loyal est le chevalier de la vérité; il l'embrasse tout entière dans sa nudité sereine, il la garde dans son cœur, il
la porte sur ses lèvres. Sa parole n'est point fardée, son
langage est le miroir de son âme. Tel, Messieurs, se
montra toujours le prince magnanime que nous avons
perdu. Un parfum d'honnêteté s'exhalait de sa personne,
tous ceux qui l'approchaient en étaient saisis et imprégnés.

Les hommes d'opinions les plus diverses, accueillis par
lui avec cette affabilité exquise qui adoucit et pare la dignité, s'en retournaient toujours fortifiés au simple
aspect de ce Bourbon, comme les plantes frêles des jar-
dins d'hiver aux feux joyeux du ciel d'avril.

L'illustre maître de la Faculté de Paris, qui réussit à
prolonger de quelques jours cette existence précieuse,
fut profondément troublé dans ses idées philosophiques
par la seule vue de l'honnête homme agonisant.

Toutes les formules scientifiques où s'étayaient ses
opinions et ses doutes, toutes les expériences réalisées
pendant une longue carrière de persévérant travail et

d'importantes découvertes, tout ce contingent d'efforts, d'observations et de réflexions fut contrebalancé dans l'âme du savant, par le regard limpide du moribond royal, qui semblait contempler la vérité face à face. Et peut-être, Messieurs, la Providence a de ces coups imprévus, peut-être, dis-je, le médecin célèbre qui n'a pu sauver la vie du prince, a-t-il eu l'âme guérie par le spectacle de son agonie céleste. Ah! pourquoi toute la France n'est-elle pas venue à ce chevet. Comme on l'eut vue se relever reconnaissante et repentie, et remplie d'une sainte haine contre les guérisseurs prétendus, qui n'offrent à l'ardeur de sa soif que des breuvages empoisonnés. Là, elle eut retrouvé ce véritable élixir de longue-vie que les rois Capétiens se transmettent l'un à l'autre, talisman mystérieux qui contient la force et le bonheur des peuples.

Les nuages qui lui voilent le jour se fussent bientôt dissipés, et une merveilleuse aurore eut éclairé sa sombre nuit. Je vois d'ici toutes les bêtes ténébreuses qui aiment l'obscurité, se sauvant vers les antres ou les crevasses, de toute la rapidité de leurs muscles hideux. Et le peuple, le pauvre peuple rongé jusqu'à la moëlle par ces microbes endémiques, qu'il n'a point la force de secouer, regardant enfin la vraie lumière de ses yeux dessillés, et murmurant en sa langue naïve *parce domine*. Ah! Messieurs, savez-vous comment on s'y est pris pour rendre le peuple ennemi du Roi. Ceux qui parlent sans cesse de l'émanciper se sont joués comme des tartuffes de sa crédule simplicité. Ils ont entassé les calomnies révoltantes et les imputations infâmes. Combien j'ai applaudi ce vaillant député du Gers, qui est bien près de nous, et qui je l'espère, un jour sera tout à fait à nous, lorsque dans un accès de magnifique indignation, il a dit au chef de ce gouvernement scélérat : Vous êtez le dernier des misérables, des menteurs et des lâches.

Henri de France fut doué toujours d'une fermeté inébranlable. Ce Prince si bon et si doux, qui n'a jamais
prononcé une parole pouvant blesser ou contrister le
plus humble de ses serviteurs, ce Roi dont l'inépuisable
mansuétude se répandait sans cesse comme les flots
cristallins d'une fontaine, ne voulut jamais transiger
avec le devoir qu'il s'était imposé, et qui, pareil à un
phare sublime, guida jusqu'aux heures dernières la noblesse et la candeur de sa vie. Aujourd'hui, Messieurs, la
fermeté est une vertu que l'on ignore. On la remplace
par la souplesse et la flexibilité. Quant à notre Prince,
pour me servir du langage scientifique si fort à la mode
de nos jours, ayant l'honneur comme déterminant, il fut
toujours un invariant. Et quel est, hélas, je vous le de-
mande, l'homme politique touchant à la fin de sa carrière, qui voie autre chose dans son passé que des re-
niements et des apostasies. Le Roi fut bien le seul à ne
point changer.

Messieurs, c'est cette invincible stabilité, qui est la
règle du salut commun. Les sociétés humaines ont leurs
lois mécaniques, aussi bien que les sphères des cieux.
Mais les astres vivants possèdent en plus la liberté, et
quand cette liberté est pervertie, il suffit d'un mouvement extraorbitaire pour engendrer les dislocations et
amonceler les ruines. Il suffit de quelques sots vaniteux,
de quelques rêveurs épileptiques pour troubler durant
de longues périodes le bonheur tranquille des peuples
sages. Un vent de folie a soufflé sur un cerveau malade
auquel furent importées quelques étincelles de feu intel-
lectuel, et voilà qu'il est nécessaire de tout réviser, de
tout bouleverser.

Les lois séculaires sont jugées mauvaises par des avo-
cats qui plaident jamais, et des médecins qui torturent
les animaux au lieu de guérir les hommes. En vertu de
la théorie de l'évolution progressive, il faut se lancersur

une gabarre défoncée à travers les océans ignorés, sous la conduite de pilotes imberbes qui n'ont jamais connu les vagues ni la tempête. Et où s'en ira-t-on aboutir. Hélas ! il n'y a point de havre de grâce pour recueillir ces insensés. On ne voit plus bientôt que des épaves misérables que les lames dédaigneuses jettent aux rochers de la côte, ainsi qu'une vile écume.

Cela, pendant que le vrai pilote qui flaire les écueils, et sait appeler le vent dans sa voile, laissé sur le rivage par les matelots énivrés, ne peut que mêler la rancœur de ses larmes à l'amertume des eaux de l'abîme. Car nul autre que lui n'a jamais su la route du grand jardin aux pommes d'or.

Les peuples, Messieurs, ne sont point éternels. Quand ils ont renié leurs lois fondamentales et constitutives, ils détonent au milieu de l'harmonie générale, leur raison d'être disparait. Du jour où s'abandonnant à la fantaisie ridicule ou farouche, ils ne sont plus que des instruments de corruption scandaleuse et d'oppressive iniquité, le décret d'en haut ne se fait pas attendre, ces mauvais peuples sont effacés, ces agrégations perverses sont englouties, et leurs individus impuissants et désarmés passent tête baissée sous le joug de la servitude. Et Dieu pour l'exemple des autres ne permet point toujours que la captivité finisse, et qu'un Néhémie brisant ses chaînes rebatisse les murs de la cité détruite et du temple effondré.

Henri de France était la force, et non pas assurément cette force brutale fondée sur les mitrailleuses et les canons d'acier, que peuvent battre en brèche des canons supérieurs et des mitrailleuses perfectionnées, mais la force vraie et insurmontable contre laquelle toutes les puissances matérielles viennent s'échouer et se briser. Et n'allez pas croire que cette force soit inutile et spéculative, c'est la vigueur même du principe Monarchique de la grande loi qui a dominé toute notre histoire. C'est cette force de synthèse et d'unité qui éleva graduellement la gloire nationale du pavois de Hugues Capet au trône de Louis-le-Grand. C'est cette force qui, aux pieds de Saint-Louis captif, jetait éblouis et tremblants les Musulmans victorieux.

C'est cette force qui permettait à Philippe de Valois, après sa défaite, de s'intituler fièrement et justement : La fortune de la France, et qui après cent années de luttes contre un ennemi formidable, fit jaillir la victoire de la houlette d'une bergère; c'est cette force qui soutint François Iᵉʳ contre Charles Quint, souverain de douze royaumes, qui fit triompher Henri IV de Philippe II et de la Ligue, qui permît à Louis XIV vaincu, après cinquante ans de guerres héroiques, de dicter ses lois aux souverains coalisés.

C'est cette force qui, s'élançant du haut de l'échafaud à l'heure où Louis XVI montait au ciel, fit tomber les baguettes des mains des tambours. C'est cette force qui établit la Restauration, gouvernant un pays épuisé, la maîtresse et l'inspiratrice de l'Europe.

C'est en vertu de cette force que les Ministres du Roi Charles X, menacés par l'ambassadeur d'Angleterre, à propos de l'expédition d'Alger, lui répondirent froidement : M. l'Ambassadeur : notre flotte met à la voile dans trois jours, vous pouvez la rencontrer dans six jours en vue des îles Baléares, nous vous attendons. Et les Anglais ne vinrent pas. Eh bien, Messieurs, cette force merveilleuse était l'apanage de notre Roi. Quelques esprits superficiels pourront me dire : Mais comment en a-t-il usé ? Messieurs, il l'a employée à conserver intacte la tradition Monarchique qui doit arracher le monde aux griffes du vampire égalitaire, à protéger ce feu capitolin sur lequel soufflent toutes les bouches de la nuit pour le transmettre à son successeur comme un réservoir de puissance. Il me semble que c'est là un admirable emploi de la force.

Vous le reconnaîtrez, Messieurs, lorsque le trône étant relevé par le vœu unanime de la France, le roi Philippe VII ayant en main la torche sacrée, fera de nouveau resplendir la Monarchie française au milieu de toutes les autres Monarchies, comme on voit briller une étoile de première grandeur parmi la buée des nébuleuses. Et vous remercierez Henri V, d'avoir obstinément, loin du bruit et de l'ostentation, conservé pour un avenir qu'il ne devait point contempler, la majesté du sceptre et l'éclat du diadème, et d'avoir accompli, tandis que des hommes irrefléchis blâmaient son apparente inaction, l'acte essentiel du sauvetage, le salut du palladium, gage de triomphe et de la vie.

Oui, Messieurs, quelques fidèles impatients ont parfois murmuré, comme les Israélites, pendant que Moïse priait sur la montagne. Or Moïse, en descendant, rapporta les tables de la loi. Il expira pourtant au seuil de la terre promise, mais à peine eut-il exhalé sa grande âme que Josué se leva et fut le conquérant du paradis attendu.

Messieurs, pour être les ouvriers utiles du rétablissement de la Monarchie, nous devons porter nos efforts sur quatre restaurations capitales qui doivent nécessairement accompagner le relèvement du trône.

Il faut que la religion nationale retrouve son ancien cortège de respects et de vénérations; il faut que la famille, aujourd'hui écartelée, revienne graviter autour de son centre normal d'attraction, le foyer; il faut que les vrais principes économiques ressuscités, fassent refleurir la fortune publique d'après les saines règles de l'équité et de la raison, il faut que l'armée reprenne les traditions délaissées, qui firent sa cohésion, sa dignité et sa force.

Il faut que le Monarque qui va rentrer soit accueilli

par une France chrétienne. La mission historique de la France a toujours été le déploiement de la bannière du Christianisme. Un peuple comptant quatorze siècles d'existence ne peut changer sans péril de mort les fondements sur lesquels il repose. Les bases de granit et de marbre où fut édifiée la puissance de notre pays, furent encastrées dans le rocher du Calvaire. Tous nos chefs glorieux furent de robustes soldats du Christ. C'est le Christianisme qui s'emparant des hordes barbares de Mérovée, en fit la nation brillante et polie qui fut au XVII° siècle l'objet de toutes les adorations du monde. Après la Révolution, éclose des niaiseries encyclopédistes, le grand homme qui s'empara du pouvoir songea tout d'abord à rétablir le culte. Et maintenant les avortons risibles qui osent parler de Vergniaud et de Danton, cherchent à reprendre l'œuvre destructive des grands scélérats dont ils sont les minuscules plagiaires.

Mais misérables, vous êtes imprégnés de Christianisme jusque dans la moëlle de vos os, le Christianisme vous entoure et vous enlace, vous le buvez, vous le respirez. Si vous voulez l'extirper, il faut déchirer votre chair et vos muscles, épuiser vos artères et vos veines. Avez-vous remarqué, Messieurs, dans les comptes rendus des manifestations affligeantes qu'on appelle des enterrements civils, avez-vous remarqué comment se terminent invariablement les allocutions prononcées sur ces lugubres tombeaux ? L'interjection est toujours la même : « Adieu ». Adieu Sainte-Beuve, adieu Proud'hon, adieu Raspail, adieu Louis Blanc ! Le dernier mot de votre athéisme est : adieu. Après toutes vos profanations et tous vos blasphèmes vous envoyez à l'objet tout puissant de vos outrages l'être débile que vous avez perdu. Voilà, Messieurs, le degré de conviction de ces Sycophantes qui veulent faire de vous des incrédules, leur langue même révoltée contre le cynisme de leur âme ne leur obéit pas, et tandis qu'ils méditent l'imprécation et l'insulte, entendez-les, ils chantent le *Te deum*.

Il se rencontre d'un autre côté, Messieurs, des personnes qui se disent chrétiennes et qui ne veulent point de la Monarchie, je ne connais pas d'esprits plus illogiques et plus dangereux.

La religion et la royauté doivent s'unir indissolublement pour accomplir les destinées humaines. La religion conduit les âmes à la félicité de l'autre vie, la Monarchie conduit les sociétés à la puissance et à l'honneur. Si votre religion n'est pas Monarchique elle est incomplète, vous séparez le corps de l'esprit. Je m'indigne quand j'entends dire qu'il ne faut pas mêler la religion à la politique. Toutes les vérités doivent se soutenir entre elles, ayant toutes une origine identique et une semblable destinée.

Celui qui se croit en possession du vrai ne doit pas s'abaisser à la pratique des expédients. Notre défunt bien aimé a magnifiquement défini les liens étroits qui doivent exister entre la croix et le sceptre lorsqu'il a dit : Il faut que Dieu commande en maître pour que je puisse régner en Roi.

Pour rendre la France digne de la Monarchie il faut encore, Messieurs, rétablir la famille sur ses anciennes bases. La République essentiellement étroite et avaricieuse, pousse les hommes à l'individualisme qui n'est qu'un synonyme déguisé de l'égoïsme. La Monarchie est une immense famille née de la confédération des familles antérieurement isolées. La famille, quoiqu'en puissent dire les radotages de Jean-Jacques, est aussi vieille que l'humanité, et la nation rationnelle doit être construite à son image. Le père n'est autre chose qu'un petit roi. Le Roi est véritablement un père dont l'autorité bienfaisante gouverne et protège des millions d'enfants. Le premier soin de la révolution fut de jeter dans la famille des éléments de dissolution. L'odieux divorce que l'on s'étonne de voir soutenu par des gens sensés et raisonnables, l'abolition du pouvoir paternel, l'égalité des enfants légitimes et des enfants naturels, c'est-à-dire la réhabilitation de la bâtardise, l'assimilation de l'espèce humaine aux diverses catégories d'animaux qui peuplent la surface du globe. C'est le retour à l'état sauvage, un pandémonium monstrueux, mélange informe de toutes haines, de toutes les luxures, de toutes les bestialités féroces.

Les républicains modernes attaquent la famille avec autant d'acharnement, mais avec plus d'hypocrisie. On la sape au moyen de l'éducation première que l'on impose à l'enfant. L'enfant qui fréquente l'école laïque apprend, dès l'âge de six ans, qu'il n'a d'autre maître que lui-même. Les filles ne sont pas plus respectées que les garçons, et voici qu'une nouvelle institution vient d'être organisée contre elles : le Lycée. Est-ce possible. Ah ! Messieurs, c'est ici que l'action des honnêtes gens doit se faire sentir, énergique, implacable. Ces établissements doivent être stigmatisés.

Et puis, je ne cesserai de le répéter dans tous mes discours ; aidez de toutes vos forces l'éducation populaire ; secondez l'enseignement libre de votre argent de votre influence.

Il y a des pays où il existe une ligue entre les braves gens. On met à l'index les ouvriers qui envoient leurs enfants à l'école laïque. C'est de bonne guerre. Il y a trop longtemps que nous sommes les victimes de notre mansuétude. Usons, pour le bien, des armes que nos ennemis n'ont point hésité à mettre au service du mal. Nous empêcherons ainsi le poison moral de multiplier ses ravages.

Guerre impitoyable aux manuels infâmes, dits d'instruction morale et civique, qu'ils portent la signature de l'énergumène Paul Bert, du sentimental Compayré, ou de cette pauvre femme répondant au nom masculin d'Henri Greville et qui a préféré la renommée d'une sotte aux doux avantages de son ancienne obscurité. Messieurs, je manque peut-être, en qualifiant ainsi une femme, aux devoirs sacrés de la galanterie française, mais, je ne sais si vous serez de mon avis, l'être du genre féminin qui rejette Dieu pour croire en Marianne, me paraît avoir perdu la majorité des droits au respect. Si, du reste, il se trouvait ici quelque champion désireux de pousser la querelle de l'amazone surnommée, je me ferais un plaisir véritable de me mettre à sa disposition.

Une France royaliste doit se mouvoir dans une situation économique, entièrement différente de celle qui nous a été imposée par l'ignorance et l'imbécilité des républicains. Le fondement de la richesse du pays est incontestablement la culture de la terre. Le produit du sol dépasse de peaucoup le rendement industriel et commercial. Eh bien, Messieurs, le mauvais génie de la révolution qui semble prendre à tache de tarir toutes les sources de la grandeur nationale, le mauvais génie de la révolution s'efforce d'étouffer l'activité agricole. L'agriculture est une cible, un bouc émissaire, une poule aux œufs d'or que l'on égorge. Toutes les taxes impopulaires, tous les impôts véxatoires, tous les tarifs ruineux s'acharnent à frapper l'infortuné cultivateur. On ne le craint pas, on le sait endurant et pacifique, on se rappelle que participant à la grande vie de la Nature, familier des prés et des bois, il en a reçu un caractère clément et miséricordieux. Et l'on flatte les ouvriers des villes, car ils furent les architectes des émeutes et des barricades; certes, ces ouvriers méritent que l'on s'occupe d'eux et nul n'y a songé avec autant de sollicitude que le bon prince que nous pleurons. Mais je n'admets pas que leur bien-être préjudicie à celui des travailleurs de la campagne. Je ne vois pas de raison avouable pour laquelle le pouvoir favorise ceux-là aux dépens de ceux-ci. Je le répète, il n'y a là qu'un motif de crainte et de pusillanimité.

Il faut rétablir l'équilibre troublé contre toutes les règles de la raison et de la justice. Empêchons de toutes nos forces le paysan d'abandonner la terre, contribuons dans la mesure de nos moyens à lui rendre le sol bon et hospitalier. Opposons-nous vigoureusement à ce déclassement ridicule et funeste qui veut faire de chaque enfant du peuple, un instituteur, un agent-voyer, une directrice de poste. Que chacun tienne à honneur de demeurer à sa place. La quitter est une fuite et une désertion. Et je dirai à ce propos, que l'instruction n'est bonne et désirable pour tous, que distribuée à chacun selon les œuvres qu'il doit accomplir.

Que tout le monde sache lire, écrire et compter, d'accord; mais, quelle est donc cette manie grotesque, en vertu de laquelle on enseigne aux petits laboureurs, la trigonométrie, la cinématique, la paléontologie. On les éloigne ainsi de leur sphère naturelle, et comme les emplois manquent pour satisfaire cette populace de jeunes savants, vous en faites des mécontents et des ulcérés qui forment l'armée de réserve des insurrections. Et s'ils se révoltent, vous les fusillez. Qui est-ce donc qui mérite d'être aligné le long du mur? Le malheureux enfant que vous avez arraché à son toit de chaume et à sa mère, ou vous, gouvernants assasins, qui pour obtenir ses suffrages, faites luire à ses yeux candides, des mirages séducteurs vers lesquels il s'elance, pour rencontrer tout à coup, douze balles de plomb et une tombe maudite sans croix et sans linceul. Et vous, honnêtes propriétaires, qui pouvez vivre sur votre sol, restez-y le plus possible. Parcourez moins les boulevards de la grande ville, faites-vous respecter et aimer par vos paysans, aidez-les, soulagez-les. Il y aura toujours des riches et des pauvres, ce n'est point dans un nivellement impossible qu'il faut chercher le remède. L'égalité est le rêve des fous.

Ah ! pourrions-nous voir fleurir la fraternité de l'opulent et de l'indigent, par la générosité de l'un et la reconnaissance de l'autre, et les distinctions s'effacer, dans cette communion réciproque de la charité et du respect.

La garde d'honneur de la Monarchie restaurée doit être une armée chevaleresque, et malgré la délicatesse d'un tel sujet, je n'hésiterai point, Messieurs, à vous exprimer ma pensée dans toute l'étendue de mon inébranlable conviction. J'ai rencontré quelques bons esprits ayant les idées les plus fausses sur les devoirs et les obligations de l'armée. L'armée est la force de l'autorité qu'elle doit fidèlement servir. Mais l'autorité qui est une abstraction, n'a droit à notre soumission déférente, que lorsqu'elle est aux mains de ses possesseurs légitimes. Que si elle passe à des usurpateurs, je ne vois plus en elle qu'une prostituée que je méprise et que je soufflette.

L'armée, expression de la puissance française, ne saurait appartenir qu'au Roi. Lui seul a le droit primordial de la mettre en mouvement. Que l'armée se le tienne pour dit, elle n'a envers la République qu'un devoir unique : celui de l'immoler quand l'heure de Dieu aura sonné. L'attitude passive où elle se maintient actuellement ne peut être qu'une position d'expectative et de recueillement. Certes je ne veux pas la guerre civile, et ce n'est point la terre française que le sang français doit rougir.

Mais le jour où le pouvoir insensé qui nous opprime aura comblé la mesure, le jour où les croyances sans refuge seront réduites à se creuser de nouvelles catacombes, le jour où la liberté des citoyens sera traitée comme au temps des Robespierre et des Marat, où des impôts iniques et implacables viendront étouffer les premiers germes de la fortune publique, où les états Monarchiques de l'Europe finiront par menacer ce repaire de brigands qui s'appelle la République française ; si à cet instant, sur l'ordre du Roi, un homme se lève arborant le drapeau, je ne dirai pas de la révolte, mais de la reintégration des droits antiques, la route de l'armée sera tracée, elle marchera tout entière à la suite du porte-étendard.

Messieurs, j'ai essayé de vous exposer les quelques réflexions que m'ont suggérées l'événement douloureux dont gémissent les royalistes, j'ai parlé peut-être avec une vivacité trop grande, mais j'estime l'heure de l'action tellement imminente, que je me reprocherais toute atténuation, toute dissimulation de langage. J'ose espérer que ma parole n'aura pas frappé en vain les échos de cette contrée si honnête et si loyale, qui m'a toujours fait un si sympathique et si chaleureux accueil.

Maintenant, prince aimé, qu'il soit permis au serviteur fidèle qui prit tant de fois la parole au nom de vos droits éternels, de vous rendre un hommage suprême, et de verser encore des pleurs sur la pierre du sépulcre où descendirent avec vous, tant de vœux et tant d'espérances.

O mon Roi, dormez dans le blanc linceul de votre gloire, dormez sous les fleurs de lys d'argent et les couronnes d'immortelles, au sein de la paix que rien ne trouble, à côté du Roi votre aïeul. Que nos larmes coulant sans trève, résonnent sur le marbre funéraire, comme une harmonie de douleur et d'amour qui berce doucement votre sommeil. Que tous les regrets et tous les deuils de la France prennent leur essor vers la terre étrangère où vous reposez, et viennent ainsi que les colombes plaintives se pencher sur votre front glacé.

Mais un jour nous vous réveillerons, des hymnes al-
lègres feront tresaillir vos cendres, et vous vous sentirez
soulevé par les épaules de tout un peuple. Ce sera la
marche triomphale de Goritz à Saint-Denis, et tout à
coup un battement rapide agitant votre cœur ranimé,
vous vous écrirez : Salut Patrie ! Car vous entrerez souverain dans la grande Basilique, dans l'ombre sacrée
des ancêtres victorieux.

Et vous, Monseigneur, héritier de tant de sceptres, que
notre royal défunt pressa sur sa poitrine agonisante, re-
cevez en ce jour notre serment de fidélité. Vous êtes
couronné par votre sang, par la voix d'Henri de France,
par l'hommage de l'auguste fils des Habsbourg.

Nous marcherons à vos côtés, nous vous conduirons
au trône qui vout appartient. Nous savons que descendant de Henri IV, vous ne pouvez suivre que le chemin
de l'honneur.

Je dois adresser quelques paroles à nos alliés conser-
vateurs, qui admettent comme nous le principe Monarchique, mais qui dirigent leurs espérances vers une
famille que nous respectons sans la servir. Impérialistes !
Venez à nous. Nous devons être unis dans la communion
du deuil.

Nous honorions votre jeune Prince, et vous vénériez
notre Monarque. Le sort les a frappés tous deux. Re-
venez à la branche Capetienne qui a crée la France et
qui seule peut la ressusciter. Rappelez-vous que sur la
tombe précoce de Napoléon-Eugène, Henri de France a
pleuré.

Et toi, Peuple français, crois-tu que le jour soit venu de
t'arracher à la République et à la fange. Voila quatorze
ans que tu fais une expérience nouvelle, sera-ce la
dernière ? A-t-elle assez duré. Les autres pouvaient être
entachées de folie ou de péril, celle-ci est ignominieuse.
Les nations de l'Europe te regardent comme un objet de

souillure et d'opprobre. Es-tu assez meurtri, assez pillé, assez trompé, assez bafoué.

Es-tu las d'être gouverné par ce qu'il y a de plus vil, de plus ignorant, de plus odieux, de moins français ! Tu n'as qu'a mettre un bulletin dans ton urne pour changer la honte en gloire, la faiblesse en puissance, la ruine en prospérité, l'iniquité en justice. Ecoute notre voix, qui s'échappe loyale et pure du torrent de nos larmes. Nous ne sommes pas des égoïstes, nous autres, nous pensons à toi, nous travaillons pour toi, nous souffrons pour toi. Notre cœur est mutilé par une blessure qui ne peut guérir, mais nos bras sont valides, et nous sommes prêts à la bataille. Le Monarque adoré s'est éteint, le principe sauveur subsiste fier et débout dans la clarté. O Peuple orphelin, la destinée t'a ravi ton père, le Roi, Dieu te garde ta mère, la Royauté !

IMP. ESTRAN, 48, RUE DE GRENELLE, PARIS